나무집 동화

도서출판
작가마을

나무집 동화

초판인쇄 | 2017년 5월 25일 **초판발행** | 2017년 5월 30일
지은이 | 홍미영 **주간** | 배재경 **펴낸이** | 배재도 **펴낸곳** | 도서출판 작가마을
등 록 | 2002년 8월 29일(제 2002-000012호)
주 소 | 부산광역시 중구 대청로 141번길 15-1 대륙빌딩 301호
　　　　T. 051)248-4145, 2598 F. 051)248-0723 E. seepoet@hanmail.net

국립중앙도서관 출판예정도서목록(CIP)

나무집 동화 : 홍미영 시집 / 지은이: 홍미영. — 부산 : 작가마을, 2017
　　p. ;　cm

ISBN 979-11-5606-071-0 03810 : ₩9000

한국 현대시[韓國現代詩]
811.7-KDC6
895.715-DDC23　　　　　　　　　CIP2017012428

본 도서는 부산광역시, 부산문화재단 지역문화예술특성화사업으로 지원을 받았습니다.

나무집 동화

홍미영 시집

고요에 잠긴 숲

한 걸음 한 걸음마다 적막의 어깨를 내려놓고

숲에 기댄다.

더 깊게 나를 안아보라는 나무들

내 속에 너가 있어 나무가 되라는

속삭이는 물소리, 바람소리, 세상소리, 나무소리

작은 떨림의 시어들을 감싸 안는다

2017년 봄

홍미영

홍미영 시집

· **차례**

나무집 동화

홍미영 시집

홍미영 시집

제1부

거미집

먼 실루엣 속으로
진득한 어둠이 자리를 깐다
부푼 어둠이 뜻 모를 웃음을 흘린다
텔레파시가 동 했는지
거미줄에 갇힌 저 남자 눈빛이 어둡다
누가 미끼인지 미끼에 미끼가 물린
줄줄이 펜 거미줄에 매달린 손맛이 슬프다
스물 스물 기어가는 낮달이
지하층계 아래를 기웃 거린다
돌아오지 않는 오늘, 돌아오지 않는 내일이
입맛 다신다
층계 위와 층계 아래 거미들이 서로 등을 기댄다
낡은 가방이 덜컹거리며 거미줄을 걷어낸다
층계 위 한낮은 저물지 않는다

소금밭

하얗게 피어나는 소금밭에는
갯벌을 핥던 바다의 노래가 있습니다
고요 속으로 자신을 가둘 줄 아는 자
소금밭으로 가야 합니다, 내일의 바다는
솟구치며 울부짖던 울분을 이제 내려놓습니다
어제와 오늘의 어긋난 경계를 지웁니다
바다의 물거품이 고요에 잠기면
억겁의 세월 미련 없이 자신을 버립니다
거룩한 의식, 소멸되는 잔잔한 다비식 아래
구도의 꽃을 보았습니다
하얀 사리들을 퍼담는 사람들은
바다의 기억들을, 바다의 속울음을
바다의 상처들을 오랫동안 맛볼 것입니다
바다가 되는 길은
제 몸에 소금무게를 달고
꽃으로 피어내는 것입니다

세상 길들이 소금 길을 따라갑니다

붙어있는 것들

붙어있는 길들끼리
붙어있는 집들끼리 머리를 맞댄다
붙어있지 않는 외딴집
붙어있지 않는 끊어진 길
호흡을 멈추고, 적막이 시간을 꺾는다
길은 길들끼리 손을 잡고서야
발자국 소리가 길을 다독이고
집은 집들끼리 등을 기대고서야
소리가 굴러가는 세월의 굴렁쇠를 만든다
바다와 붙어있는 육지 옆구리에
수산물 가게가 크게 입을 벌리고
이끼와 버섯을 품은 바위와 나무 곁에
이끼와 버섯을 가꾸는 손길 따라
세상길이 환하다
붙어 있어야 제 모습을 갖추는 세상의 모든 것들
적막하지 않게 모여
길의 뿌리 곁에 삶의 뿌리 내리고
하늘을 이고 있는 집들 사이로
바람이 걸터앉아 외롭지 않다

살구

나는 자꾸만 살굿빛으로 물들어 갑니다
살구 한입 가득 물고
살굿빛 속에서 웃고 계시는 어머니
내 품에 살구 한 소쿠리 안겨주시던
어머니의 향기, 살구 냄새에서
어머니의 살 냄새를 맡습니다
나는 노란 살굿빛 아이가 되어
어머니의 살굿빛 고향 속으로 달려갑니다
밥 한 술 더 떠 먹이시는
어머니의 마음을 가지마다 매달고
살굿빛 나는 눈부신 날들이
두 팔을 벌립니다
빛의 터널 살굿빛 길을 걸어
싱그러운 살구나무 입술에 닿는 날
해질녘 살구의 품속으로 한없이 걸어
어머니의 그림자가 닿는 쪽으로
나는 한 그루 살구나무로 익어갑니다

시계 수리공

시계 수리공은 골목 어귀를 떠나지 못한다
유리 진열장 위 낡은 라디오
쉰 소리에 잠든 추억을 깨운다
다 떠나간 자리
정으로 남겨진 유리 진열장 안에 물결이 인다
이제 주차장이 된 광복로 그 호텔에는
주차하는 몇 대의 차들
골목 바람에도 목을 빼고 있다
어중한 삶을 밀어 넣기도 하고 빼기도 하는
등 하나씩 켜며 밤의 허물을 벗으려는 골목길
뒤처진 바람 한 자락
노란 기억의 덮개를 걷어낸다
바람은 골목으로 몰려가
저무는 발자국을 더듬는다
시간 속으로 발을 맞추자던 약속
긴 그림자 골목길 끌고 가는 저녁
신기루 같은 시간이 풀린 태엽을 감는다

놓친 문, 손잡이가 없다

우울한 문에는 손잡이가 없다
이제 벽이 되고 산이 된 높은 문
제 안에 가둔 어둠의 울음을 듣는다
버티고 있는 수많은 문 앞에서
맨몸으로 밀고 손끝으로 당겨보고
발길질에 지친
그 안의 짐승 한 마리 버티고 있다
꼭 다문 입처럼, 오래 잠가둔 서랍처럼
기다리다 지친 저녁을 맞이한다
맨발로 빗소리 따라오는
깊은 곳 빗소리 속에 어머니 젖 내음 따라온다
아기 때 옹알이 기억의 다리를 건너온다
오랜 세월 늘 함께
시간의 손잡이를 달아주는 어머니
잡을 수 없는 손잡이 문이다
끝없는 우울한 문에 꽃을 심는다

이끼

차곡차곡 시간이 껴입는 옷
구름과 바람이 쓰다듬는 옷
소곤대는 빗소리로 추억이 되는 옷
세월 더불어 겹겹이 자라난다
시간의 갈피, 가물가물한 음성으로 자라나는
이끼 옷 겹겹이 껴입고 돌아온다
해진다, 저녁 먹어라 부르던 소리
돌담사이로 다 불러보지 못한 그 음성
이끼 손에 자라고 있다
종일 맴돌다 찾아내는
깊고도 먼 길을 돌아오는 그 음성
메아리로 남아, 아득하다
종일 그늘에 갇힌
내 이끼 하나 키우고 있다

강원도 덕장

강원도 산간 덕장 열리는 날
바람은 명태의 몸을 두드리며
심해의 추억을 듣는다
줄줄이 엮인 바다의 기억들은
쓸쓸한 언덕으로 찾아오는
눈 세상과 한 몸이 되어
지친 명태의 기억들을 잘게 부순다
기다림으로 삭은 시간들은
거듭남으로 새로워진다
수많은 별들은 덕장 사이로 흐르고
유성 하나 홀연히
감을 수 없는 명태의 눈과 마주친다
섬광처럼 처연하게
어둠과의 성찬을 차리고 있다
굳고 단단한 멍울들이
투명하게 살아나는 명태의 내공
노란 꽃으로 환생한
장엄하고 거룩한 의식이다
명태의 비밀스러운

다시 세상으로 향한 복수초들
작은 공간 속에 멍울과 간격을
풀어내는 환한 출구가 보인다

저녁노을에 부치는 편지

제자리걸음만 하다가 여기까지 왔다
발길질에 뿔이 난 돌들
터벅터벅 밤길에도 따라 온다
핏발 세운 뜀박질
허공보고 난장치고
눈 껌벅이다 놀라기만 했다
생을 패대기쳤는지 쓰다듬지도 못하고
휘어지도록 질질 끌고 온
길마다 성가신 떼거지만 너덜거린다
한 발 빼고 나면 또 한 발 빠지는
질척거리는 뻘밭
그 시간의 간격 절며가는 사이로
길은 집을 짓지 못하고
저녁노을이 뜨고
이제 매운 양파까지 손질도 멈추리라
소리 없이 풀잎 누이는 소리
삭아질 바람의 길에도
숨고르기 숨 몰아쉬기도 필요하겠다
입 달싹거리다 바람 잦아들면

물결이 고요하다
편안하겠다

가을 손수레

햇사과를 싣고 가는 손수레에
햇것의 붉은 속삭임이
햇것의 붉은 입술이
서로 부대끼며 쫑알거린다
설익은 계절도 눈치 받으며 끼어든다
통치마 검정고무신
콩닥거리던 기억의 계절이
햇살 속으로 얼비치며 따라간다
목마른 추억들이
구시렁거리면서 따라간다
발자국 소리만 분분한
지나간 내 계절도
멀뚱거리며 따라간다
바람구멍 메워가며 따라간다
바람 한 점 어깃장 놓으면서 따라간다
따라가는 것들은 앞서가는 꽁무니를 놓지 않는다

나무는 다시

나무는 다시 통화 중이다
사람들은 나무에게 귀를 빌려주고
나무가 놓아준 겨울의 다리를 건너
어둠의 옷을 벗은 봄을 마신다
펌프질은 여전히 계속된다

고로쇠나무의 잠을 깨우는 봄
시간이 출렁거리며 숲을 건너간다
오랜 침묵에서
기지개 켜는 소리가 부산하다
가지 끝에서 나무는 다시
봄이라는 인장을 찍는다
피돌기를 몸에 감는다

목리 속에서

마루를 닦다가
무수한 옹이를 꺾는 나무의 목리를 보았습니다
목리 속으로 물결이 출렁이는 소리를 들었습니다
출렁이는 물결을 넘다 물결사이로
지저귀는 선한 소리 들렸습니다
태고 적 물방울이 빗방울에 몸을 헹구는 밤
나는 한 마리의 산짐승이 되어
옹이를 베고 깊은 잠을 잤습니다
옹이의 벽화 속에 눈을 뜬
나무는 나를 쳐다보고 있었습니다
참 영원한 안식의 얼굴
갑자기 평화로운 기운이 내 몸을 감싸고
쌓여서 더욱 무거워지는 내벽의 무늬를 찾아
비틀거리는 그림자를 찾아
나를 위해 남은 누더기를 걸치고
녹슨 못으로 지탱하는
옹이도 될 수 없는 내벽에
벽화 하나 걸어주고 갔습니다

굽은 등

빈 박스 속에 머리를 박고 오래 구부리고 있는 그녀
그녀가 오랫동안 핥던 빈 그릇 하나
이리저리 부딪히는 공명이 허공으로 흩어진다
허공은 무엇인가 열심히 줍고 담아내어야
하루의 길이 깊게 구부린 자국 위로 길을 낸다
누군가 저문 저녁에 퍼즐을 꿰맞추고
게임의 완성을 찾아가는 자 굽은 등을 모른다
해 설핏 저문 오후
굽은 등 위에 매달리는 슬픔이 위태롭다
허공의 알갱이들 더 깊게 구부려야 내 것이 될 수 있는
뒤쳐진 게임은 굽은 등을 후리려다
움츠려 들기 만하는 세상에도
함몰하지 않은 허공의 이삭줍기를 위해
절박해진 그녀의 빈 그릇 속에
잘 삭은 오후를 담아주고 싶다

자갈치

바다의 젖줄 그 배꼽에는 오늘도 무한정의 애정이 넘실거린다 까도 까도 남아있는 조개의 제 살 내어주기, 생선의 눈빛은 슬프지 않다 활어수족관 칼질하는 사람들은 바다의 몸통을 쉴 새 없이 난도질한다 무한정 뻗어내는 배설물이 바다의 입속으로 다시 버려지고 자꾸만 제 몸을 드러내는 바다, 다시 키우고 산란하는 처음과 끝이 보이지 않는다 내가 버리고 간 이름들이 자꾸 바다 쪽으로 흘러간다 피가 되는 것도 살이 되는 것도 되돌아와 다시 제자리를 찾는 실뿌리 같은 나의 발들이 자갈 속으로 뿌리를 내린다 무한정 주고받는 것에 익숙지 못한 사람들을 위해 바다는 슬그머니 탯줄을 내어준다

제2부

달동네

산다는 것은 건조주의보다
오래된 아파트 틈새에 낀 고도 근시와 난시
건조한 눈물샘이 찌그러졌다
물음표는 무릎에서 가슴으로
구석구석 스며드는 쪽방 갈증
빈 발바닥 틈새 바람에 끼인다
더운 몸을 식히던 골목은 기척도 없다
자꾸 등 떠미는 발걸음에 걸려 넘어진다
아무것도 감출 것 없는 낡은 일기장
낯익은 것과 낯선 것이 무너지는
흔들리는 길에 돌아온다
사라진 뭉크의 절규
울음이 된 벽에 일어선다
내일은 비가 오려나

나무집 동화

　숲속에는 여름밤을 삼키는 키 큰 나무가 있어요 밑동을 밟고 올려다보는 나는 나무창으로 날아오르는 한 마리 새가 되어요 새가 된 나는 나무대문을 열고 안온한 나무방에 기대어 지상에서 더 깊고 아늑한 숲의 숨소리를 들어요 세상의 숨구멍을 열어 보는 저녁, 지상에서 더 깊고 긴 밤의 숨소리를 들어요 은하수를 건너가는 달을 따라가면 계곡은 물소리로 말의 씨앗을 남겨요 돌담 몇 개 숲의 호위병이 되어 나무집을 지켜요 근엄해요 얼비치는 하루의 경계를 넘는 저녁, 귀를 씻고 눈을 둥글게 말아 나무집에 걸어둔 노을을 안고 내일을 바라보아요

광복로, 12월 거리에 별빛이 앉는다

이른 저녁을 먹은 사람들은
거리에 내려앉은 은하수를 보려고
천사 흉내를 내며 날개옷을 챙긴다
거리의 틈새마다 별이 앉는 별들의 밤
별빛 속으로 몸을 숨기는 마른기침 속에
지난 시간들은 남은 시간들을 닦아낸다
사라짐이 경계에 서는
새 자리를 펴는 사람들
종일 지폐를 세던 손을 멈추고
간절한 희망 하나 별처럼 달아둔다
집 떠난 자들이 돌아와 모두 별이 되는 거리
이마가 정갈한 눈빛으로 마주보는
보냄과 맞이함의 옷을 갈아입는 12월
내일이라는 별 하나 품어본다

가을, 그 가벼움

낡아진다는 말 속에 가을이 끼어든다
오른쪽과 왼쪽이 시린 등을 기댄다
낡아지는 것들의 가벼움이
때론 허망에 매달리지만
가벼움은 더 멀리 가는 눈이다
서쪽으로 더 기울어지는 시간에
허전함과 쓸쓸함에 입 맞추는 초승달
가벼워진 나무 등걸이 벗은 몸을 드러낸다
넘어지는 소리가 귀에 걸리는
옆구리 치며 달아나는 세월이
무릎 보호대에 움츠러든다
해독하지 못한 계절은 눈치를 보며
내일을 향해 손을 뻗으라 한다
달빛을 목에 걸고
가을을 재촉하는 풀벌레 소리
움츠러드는 무거운 것들을 털어낸다

은혜의 강줄기

오랜만에 어머니의 손을 잡아본다
핏기 없는 손등에서 은혜의 강줄기를 본다
세월의 강굽이 몇 개를 넘은
은어 새끼들 대해로 다 흘러 보내고
이제 철새마저 날아갔다
흐름도 멈춘 바닥이 들어난 강
강에는 그림자도 비치지 않는다
어머니 하며 가만히 불러본다
기억을 올리지 못하는 어머니
깊이 침전된 바람소리마저 비껴간
자꾸만 바닥으로 가라앉는 환청
창호지처럼 가벼워진 육신
이제는 손 탁탁 털어내고
먼 노을빛 바라보신다
자꾸만 한쪽으로 기울어지는
강물소리 가슴에 스며드는 날
은혜라는 말 새삼 듣는다

웅크리는 것

몸을 웅크리고 잠든 저 사내
밤새 술 취했던 조등사이로
바다 소리를 꿈꾸고 있다
초승달에 칭얼대며 아파했던 시절
웅크려야 방 한 칸이 되는
먹구름 우레로 요동치던 날들
웅크림 속에 다 말려있다
점점 사위어가는 신 새벽에
아무도 닿지 않는 울음을 담아낸다
먼 항로 끝에 선 웅크림
바다 틈새 비집는다
혀 쭉 내민 조갯살처럼
내민 발가락이 서럽다
갯벌에 기어나는 꿈을 꾸는지
지나온 세월을 뒤척이듯
아직도 마르지 않는
시간의 간격을 셈하고 있다

모란

문 닫고 시간을 다 허비한 모란
어제 한 때를 잊고
남은 향기로도 열애 한번 못 해본
분홍 치맛자락 하나씩 벗네
담장 아래 널브러진 햇살의 기억들
멈추어진 계절의 전설을 담은
벗어 놓은 옷들이 조용하다
제 몸속에 것 다 비운
눈물 삼킨 텅 빈 꽃상여
꽃 진자리 눈물의 무게를
빗방울이 등 너머로 메고 가네

포개 앉는 소리

바람이 꽃잎을 포개는 소리
해거름에 문들이 하루를 포개는 소리
낡은 옷들이 삶의 무게를 넘기는 소리
햇쑥이 지난겨울의 잔기침을 털어내는 소리
꽃들의 환호에 여기저기 문 여는 소리
돌짝 사이에 끼어 앉은 바다의 옹알이 소리
노을이 강변에 앉아 삶을 둥글게 뭉개는 소리
비운 그릇에 한 끼의 밥이 포개 앉고
포개어져 무엇인가 둥글게 몸을 마는
허기진 내일을 껴안는 소리,
서로 손잡고 포개 앉는다

발효 중이네

질퍽하게 퍼질러 놓은 말들
찔리고 엎어지고 숨이 가쁜
말들의 소용돌이 속에 빠졌네
꼬리 달고 어깃장 놓은 말의 비린내에 감기네
흙탕물 튄 말의 꼬리가 꼬리를 물고
침묵도 말이 있어 말의 싹을 틔우네
끙끙거리다 오금이 저린 하루
목울대에 걸터앉는 생트집
공중부양하고 싶네
나를 노리고 있는 비틀어진 눈알
핏속에서 흐르는 말의 아우성을 듣네
말의 가림막 너머에서
소용돌이치며 막혔던 말들
시원하게 흘러가네
한낮 끓어오르는
나는 발효 중이라네

조팝꽃

산수유를 지나 살구꽃을 지나
바람 몇 점 건너뛰고서야
시린 발걸음이 조팝꽃을 보러간다
오래된 연서 속에 머물러 있는
건너가지 못하는 추억들이
자꾸만 사랑법으로 피어나는 나의 조팝꽃
아직 기다림은 끝나지 않았다
꽃들은 피워낸 자리를 생각하지 않는다는
오랫동안 가둔 시간들이
세상을 향해 울음보를 터트린다
아픈 이름들을 불러주자
일제히 바람에 흩어지는 꽃잎들
어두워지면 더욱 조팝꽃으로 환해지려는 세상
만개한 봄날이 흘러간다

이 도시에서는

맨드라미가 사라진 골목길이 소문을 읽는다
출렁이는 거리마다 깃발을 흔드는 도시
소식이 얼음산을 깨고 있다.
골목길에는 언제나 따뜻한 바람이 감겨 돌아
도시의 미로 사이로 소식과 소식이 손을 잡는다
사라진 골목길에 지고 피던 이야기는
있는 것 끼리 중얼거린다
장닭 우는 소리 듣는다

여름무늬

등줄기 타고 미끄럼 타는 더위
몸 빼고 건너뛰는
쉼표 위에 앉아
솜사탕 구름 허공에 띄운다
하늘 높이만큼
떠나는 시간이 걸쳐있다
기세 꺾인 땡볕이 낯짝을 들이대면
짜증내는 아스팔트 구시렁거린다
길어지는 그림자 끝을 따라가는
익은 사연들
그늘에 닿는 시간을 위해
구릿빛 얼굴로 완성된 여름무늬 접고 있다

재첩국

섬진강 이름 새기는 날
재첩국 한 그릇을 먹는다
그 옛날 골목길 끌고 가던
아득히 강 부르는 소리
보이지 않는 세상길이
등 굽은 길 따라 나란히 걸어간다
지리산 옆구리가 빚은
억만년 강모래가 어미젖을 만든다
나를 키운 어미 같은 강
씨알 굵은 재첩들이
입을 쫑긋거릴 때마다
강물이 출렁인다
뽀오얀 재접국 한 그릇 속에서
어머니 젖내음 맡는다

무릎의 말

길의 씨앗을 싣고
서쪽으로만 달리는 발의 뿌리
앞지르기는 이제 하지 마세요
모퉁이로 돌아오는 그리움을 안아보세요.
다시는 분홍 보따리는 없어요
푸르고 맑은 날들이 헛발질을 하며
애태움으로 꺾인 날개를 접으세요
발의 오후, 족적은 널브러진 길을 쓸어 담고
길의 꽁무니에 매달리는
칙칙한 울음을 닦아 내세요
적막의 입들이 달싹거려요
허둥대던 것과 삐꺽거리는 것들이
내 눈물을 닦아요
나는 뜨거운 꽃을 찾지 않아요
지나간 시절은 거울 속에서 찾아요
총총히 사라지는 것들, 바라보았던 것들
먼 여행의 강줄기를 접고, 거울을 닦아요.
봄은 이제 살며시, 허물어진 허공을 담아
무릎의 역사를 쓰고 있어요

제3부

녹슨 못

녹슨 못이 벽을 빠져 나오지 않는다
힘을 주니 못이 부러졌다
못은 이제 빠져 나오지 않고
아직 여분의 세월을 삭이려는 것일까
가끔 눅눅한 습기가
모진 생의 덮개를 걷어 내듯
붉은 녹물, 눈물샘이 터져 나오듯 벽을 적신다
평생 막혀 있던 핏물처럼 못질한 아픔이
허공에 벽 하나 놓일 때마다
닦아도 지워지지 않는 생의 무늬를 쏟아낸다
녹슬고 부러진 못이 되고 서야
한평생 녹물 같은 눈물을 흘리고 서야
생의 무게를 말할 수 있다

세월도 간지럼을 탄다

자주 등이 간지럽다
손이 닿지 않는 등줄기 어디엔가
오르락내리락 했던
잠자던 푸른 세월이 간지럼을 태운다
이제 더 급히 탈 가파른 세월도
내 등짝 푸른 날도 없어
굽은 등 움쩍거리면 세월의 간지럼을 다독거린다
귀가 간지러울 때는 누가 내 말을 한다지
손가락으로 귀의 말을 들으려고
귓구멍에 얼른 손가락을 넣고
내 말들을 후벼 판다
칭찬보다 흉이 더 많았던 세월
간간히 내 귓밥 밀어내며 간지럼을 태운다
세월은 껑충 뛰는 것도 아닌데
허겁지겁 뒤쫓은 세월
헛도는 유행가 가사처럼
지친 자의 몸부림처럼
그 많은 세월의 조잘거림
회한의 편린들 일그러진 세월의 잉금들

내 몸에 맴돌다 간지럼 태우는 것은
내 속살에 찍힌 허망한 눈빛 감추라는 것이다

삶도 때로는 날개를 단다

오랫동안 이웃인 연희 어머니
팔순이 다 된 나이에도
국수 말아 한손에 달랑 들고 배달 다닌다
시장 형편이 기운 탓인지
연희 어머니 국수 배달에도 기운이 빠진다
집세는 몸을 불리고 야금야금 밑동을 갉아 먹는다
이집 저집 대문 앞에 빈 박스 내어 놓는 날
할머니 작은 키가 가장 크게 보이는 저녁
입으로는 웃지만 마음속은 더 아픈
파지 뭉치 끌고 골목길 다닌다
시장은 젖은 인연의 무거움을 밀어준다
굽은 등이 오래 머무는
무거운 수레바퀴 소리 점점 멀어진다
매생이 같이 감기는 삶이
가슴에 먹먹한 멍울 하나 남긴다

새벽 어스름

웅크린 바람의 집
진득하게 버티고 있다
소용돌이가 지나갈 때마다
집의 중심은 어둠에 펄럭인다
새벽을 기다리는 눈먼 낭떠러지
긴 기다림의 바람이
마알간 슬픔을 매단
허공에 꿰맨 삶이 미련 하나 끼운다
현기증이 길을 나서는 바람
영롱한 꿈을 꿰맨 아침 이슬 하나둘
낡은 발길이 질기게 매달린다

빌딩 틈새 풍경

빌딩과 빌딩사이에
작은 틈새를 만든 도시는
그 작은 틈새를 영원히 메울 수 없는 바벨탑 같다
겨드랑이 허한 빌딩에
바람이 길을 내어 틈새를 메우기도 하고
빌딩들이 토해놓은 잡동사니가 틈새를 메우기도 한다
어느 날 좁은 틈새 사이에 나비처럼 날아와 풀씨가 된
신발 깁는 노인이 빌딩과 빌딩에 허한 틈새 사이를 메
워서
하루를 접었다 폈다 한다
질퍽한 신발의 틈새를 꿰매는 하루는
빌딩 틈새에 밝은 햇살로 꿰매어 지고
꿰매놓은 신발의 기울기를 걱정하는 노인은
자신의 틈새로 메우기도 한다
빈 의자가 홀로 틈새를 지킬 때면
오직 의자 하나 달랑 적막에서 건너와
빌딩 틈새에 노을 한 장 걸쳐 놓는다
별들이 제집이 되어 돌아오는 틈새에
벗이남과 미뭂이 짐낀 시성이다

막이 내리면

시간은 가랑잎들을 모아 의자와 적막을 껴입는다

지친 발목이 오래 아팠던 길 하나 데리고 간다

숨비 소리

아기가 문지방을 넘는 것은
계집애가 고무줄을 넘는 것은
사람들이 차도를 가로질러 넘는 것은
넘어가야 할 길이 많기 때문이다

웅성거리던 강물이 잠잠하고
산그늘이 은밀하게 내려오고
쉼 없는 새의 날갯짓 소리
붉은 사과나무가 이제 말을 한다
몇 장의 허튼 사진을 찍은
익지 않은 시간이 고개 숙인다
시간이 옹알이 하는
붉은 계절, 숨비 소리 넘어간다

섬진강

천년의 숨결을 숨겨 놓았는지
강 비늘 넘어 꽃들의 수줍음이 깊어지네
누가 말하지 않아도 꽃들은 알고 있다네
생명을 품고 키워내는
어머니 숨소리 같이 흘러가는 강
굽이쳐 휘돌아 강 언저리에 차곡차곡 쌓인 강의 역사
아직 산그늘은 전설의 말을 다 쏟아내지 못했다네
내 몸에 강물소리 들리는 봄날
모래 갈피갈피 마다 깊게 묻어둔
다 먹이고도 남아도는 부푼 어머니 젖가슴 같은
그리운 것은 저 모래 속에 다 묻혀있다네
내 눈물 닦아주며
세상의 귀가 되어 날아가는 꽃잎들은
서러워 피지 못하는 꽃들을 재촉하네

돌멩이

길가에 있는 돌멩이 하나
등뼈 굳은 세월이 잠잠하다
그 속에도 세상을 바라보는 눈과 귀가 있어
나뭇잎은 그를 보고 찰랑이고
바람도 쓰다듬다 돌아간다
사람들이 눈여겨보지 않아도
끝이 아직 멀었다 하는 저 산 봉우리와
발가락 꼼지락 거린 어린뿌리들이
다 알고 있다는 듯
세상의 한 모서리가 되어
지지 않는 꽃처럼 피어나는 돌멩이
길은 세상 안으로 들어오는 길을 따라간다
암각화에 슬픔을 새기는 선인들처럼
겹겹의 세월이 무게를 캐내는
웅숭깊은 이끼들의 아픔을 껴입고서야
길의 뿌리를 따라간다

새벽길

칸칸마다 접혀진 포장마차 불빛들
밤새 품었던 고요를 다독인다
포개진 지친 눈빛들
꼭꼭 허공에 눌려 찍는
밤새 지친 지문을 가슴에 품는다
흔들리는 영혼의 꼭짓점에
출구를 찾는 사람들
슬픈 그림자는 가슴도 없다
가파른 바람에 젖은 눈매가 된
공원벤치에 허리 굽은 뜨내기들
다 읽을 수 없는 지난밤의 언어들을
새벽 한기로 쓸어낸다
바람의 숨결 위에 또다시
포장마차 소리가 굴러간다

중앙동

중앙에서 밀려난 중앙은
버려진 빈 둥지 같다
찾지 않는 저 고요 속으로 어둠을 덮고 있는
빌딩 창들이 눈을 감는다
긴 아쉬움으로 남는 빠른 걸음들과
뜨거웠던 등줄기
오래 곰삭은 기억들만 풀어낸다
허공에 걸린 그림자를 찾는
달빛도 스며들지 않는 어둑어둑한
마른 가로수의 한기가 서럽다
열리지 않는 빌딩 창에
오래 앉아 있는 캄캄한 낭떠러지
임대 급매
적막 덩어리가 걸려있다
싸늘한 침묵 속 묵묵부답
빌딩문은 열리지 않는다
누군가 지금 다급한 신음소리
열리지 않는 문 밖에서 외롭게 서성이고 있다

저문 저녁

지난 폭우에 한쪽 옆구리를 드러낸 돌담사이로
어긋난 길들이 목을 빼고 있다
세월의 몸통을 허물고
길을 내어준 돌담
벽 하나 허물지 못하는 세상이 잠잠하다
돌담 사이로 종일 몸 비비는 낮은 빗소리
소란스럽던 내 발자국도 빗소리 닮아간다
허물지 못하는 세월
허물지 못하는 기억들이
자국을 따라 가며 흠집을 지운다
종일 헤매다 저문 저녁이
무너진 틈새로 풀벌레 소리 듣는다

초승달 눈

초승달을 닮아가는 아버지의 눈
눈을 뜨고 계신지 감고 계신지
실눈 같은 눈 속에
세월을 층층이 쌓아 놓고
배꽃도 복사꽃도 다 솎아 내지 못했다는
아버지의 계절 궂은 비에 젖는다
황사 날리는 봄날에
고슬한 밥 한 그릇에 눈물 가득 고여
진액 같은 그 눈물 자국 따라
칡넝쿨 같은 자식들 얽어매신다
섬 하나 매일 고쳐 베고 누우시는 아버지
명줄 하나 막막한 조각배 타시는 날
전부를 가둘 수도 둘 수도 없는
생의 무게들을
양손에 움켜쥐고 계신다
펴지 못하는 주먹손 고이 펴 드리는
내 눈가에 저녁노을이 번진다

대인待人

문 열어 다 떠나보내는 날
분탕질을 하는 바람에
손톱마다 아린 낮달이 선명했네

올해도 오래된 지병이 도져
몸엣 것 다 비우고도
숨 고르고 몸 물 올리는 소리

오실 날 까마득해도
문 다 열어두고, 꽃피고 잎 피운
호시절 기다린 자리마다
뭇 별 앉혀두겠네

얼룩의 길

내 생의 얼룩진 무늬 위에
심지처럼 굳은 삭아진 부스럼 된 날들
이제 길의 무늬에 걸쳐 놓았네
낡은 날갯죽지를 걷어내며
환생을 꿈꾸던 얼룩의 길
시린 자국의 탯줄을 끊어내네
얼룩의 골마다 해독되지 못한
널브러진 내 생의 얼굴이 가라앉는다
상형문자 같은 길의 골짜기에
시리고 매운 바람이 꽃눈을 지운다
길은 다시 묻고 돌아와
내 얼룩의 고운 무늬결 위에
저녁 풍경에 노을을 펼쳐 놓는다
얼룩이 만든 펄럭이다 만 깃발들
껴입기만 했던 욕망의 갈증
길의 틈새마다 물음표를 꺼내 놓는다
외발로 뛰며 아직도 저쪽 길을
넘보는 길의 가닥들
귀에 이은 얼룩이 눈짓을 준다

제4부

입춘 어깨

담 넘어 소곤거리는 웃음소리
미동도 없이 살짝
숨겨진 이야기 간지럼 탄다
처음 맞이하는 설렘
눈 감을 수 없어 더욱 그리워지는 것들
고맙고, 반가워 살며시 안아보고 싶은
자꾸만 내 그림자 따라가는
옛날의 이야기 등불 하나 켠다
매화 재채기 잦아들면
꼭꼭 짚어가는 바람의 손가락 끝에
보채고 있는 빗방울
입춘 어깨에 등 하나 걸어본다

소음 하나

더듬이를 세운
백화점 지하 매장 사람들
소음은 소음끼리 어울려 끓는다
출렁이는 어지럼증이 들썩인다
목이 길어 손닿지 않는 악다구니
납작 엎드리며 하소연한다
덧니 하나 둘 돋은 입,
상형문자 같은 변덕이다
늘 자지러지는 분수대의 놀이터
어리둥절한 소음의 얼굴이 잘게 부서진다
분수는 천장에서 곤두박질친다
작은 지구 한 바퀴 돌아온
소음 묵묵하다
가마솥에서 소음 하나 건져 올린다

발

하루의 길을 행군다

길 하나하나 삶의 고단함을 만져주는

발등의 무게, 지탱한 무릎의 의지를 쓰다듬는다

삶의 추임새에 펑펑 터지는 하루의 추깃물

이제는 싱싱한 가슴팍을 내밀어야 한다

좋은 시절은 늘 발치에 놓여 있었다

한걸음에 달려갈 저 계단의 높이를 위해

빠른 시간 속으로 초승달을 쫓아간다

새들은 높게만 날아가고

저녁은 날아가는 허공에 힘을 보탠다

광활한 대지의 말발굽 소리 요란하다

그림자만 댕그라니 남은 발바닥 지도를 본다

해거름을 달래는 햇빛 한 움큼

깊숙한 괄약근을 쓰다듬는다

풍경

다리 난간에 기대선다
시린 손을 뻗어가는 다리
구름과 하늘의 경계를 이어준다
쉼 없는 눈짓으로 서로를 소통한다
구름 넘어 어두운 풍경들이
다리 난간에 맑은 영혼으로 찾아와
난간마다 불빛을 밝힌다
바다의 심장소리를 듣는다
서로의 손을 붙잡아 서로가 되고자 하는 순간
다 전하지 못한 말들을 실은
크고 작은 배들이 지나간다
기다림의 씨앗을 안고 철없이 흘리던
슬픔과 기쁨의 한 때
다시 건널 수 없는 그 많은 울음을
다리는 안다
세상이 평온하다

노숙자 A

낙엽 끄트머리 하나 물고
신나게 가고 있는 개미 한 마리
보도블록 깊이 빠지고
절벽 같은 길 오르락내리락한다
제 입에 물고 있던 낙엽
갈가리 찢어지는 것도 모르고
갔던 길 되돌아간다

시간의 틈새 오르락내리락하며
어느 구멍 속 두리번거리다가
허망한 그림자 물고 허둥대다
막막한 세월에 달이 저문다
빈 구덩이 속 오랜 침묵
깊이 잠긴 허무에 길이 저물고
기다림은 아직도 연습중이다
나도 개미 걸음 닮았다

장독대

옥상 양지바른 곳
세월이 곰삭은 어머님 자리
그 자리 내 고리에 연결되었다
정월 장 담그는 날
그 연결고리 새벽별 보며 소리를 낸다
쑥대 매운 연기, 묵은 해 벗겨내고
퍼렇게 곰삭은 어머님 속마음처럼
곰팡이 두루 털어내고 깨끗이 씻어
말갛게 가라앉힌 소금물에 깊게 잠겨야
노랗게 우려내는 장이 된다던
해마다 장 담그는 날 돌아오면
지성을 드리듯 정성을 쏟으라하시던
어머님 말씀 귓가에 맴돌아도
내 서툰 연결고리 잘 붙잡고 있는지
아직도 장독대 못 떠나시는 어머님
항아리 속 깊은 속 마음
잘 삭은 추억 하나 건진다

스킨답서스

멈추지 않는 어둠이 바닥을 쓸고
한 바퀴 돌아온다
흔적도 없는 더 갈 수 없는 고독이다
줄기 끼리 감아 돌린
저 모든 것을 깊게 포옹하고
출렁이는 추억의 소리 안아 볼 것 인가

밤새 웅크린 새들은
사랑의 날갯짓 소리를 낸다
낡은 것은 시가 되고 음악이 되어
모든 것을 안아 보고 어루만져야
꿈은 날개를 접을 것이다

잎들의 출렁임으로 익어가는 밤
초록의 문 살며시 열고 머뭇거리는
저 눈부신 신화

※스킨답서스-덩굴성 관엽 식물

겨울 햇살

돌층계 틈새에
고개 내민 어린 풀 한 포기
겨울 치맛자락 움켜잡고
틈새를 밀쳐내고 있다
우는 것인지 웃는 것인지
저 여리고 순한 유전자
왼손이 오른손을 잡아주며
사라지는 것들을 붙잡는다
흔적은 더 모질게 남아
틈새에 낀 이쪽과 저쪽
높낮이로 생명을 노래한다
혼신을 다해 더욱 화려해지는
겨울 햇살 아래
울어도 지금 늦지 않겠다

정비소

가끔은 내 정비소에 공허한
삶의 떨림을 걸쳐 놓는다
내 속을 비집고 들어오는
허물을 뽑아내고
순응의 나사를 죈다
무릎관절 만큼 닳은
세월의 소리를 잠재운다
비틀거리기도 하고 닳아지기도 하는
일상의 삶들에 햇빛이라는
기름을 친다
일몰의 그 순간까지
한 번씩 내 정비소에
드라이버 몽키 펜치 스패너를 걸쳐 놓고
작은 떨림의 흔적이라도 쓰다듬으며
처음의 산뜻한 모습으로
나를 곧추 세운다

궁합

책상 의자에 앉으니 높낮이가 맞지 않다
책상 의자가 되기 위해 의자를 끌어 당기고
내 허리를 곧추 세워 책상의 높이에 맞춘다
서로의 궁합이 서툴다. 맞춤은 딱이라는
높이를 위해 마음을 맞추는 것 내 속에
높이를 가지고 있는 속궁합, 내가 책상의자가
되기 위해 서로를 맞추고 끌어당기는 책상의자,
자리가 편안하다

매미가 운다

폭우 속에서도 모질게 울어대는 매미소리
새벽은 더욱 숙연해지고
시간은 울음을 움켜쥐고 도래질을 한다
울음을 얻은 자
닳도록 울어야 생이 되는지
처절한 새벽의 울음
기다림의 세월에 상처만 깊다
목이 쉬어야 올가미가 되는
얽어매고 꿰매면서 가는
생의 이음줄
침전하는 울음의 앙금들
눅눅한 새벽을 깨운다

매화꽃 필 때

봄맛이 깊어
눈빛 초롱초롱해지는 꽃송이
그리움과 기다림과
헤픈 웃음 그리도 고운지
세상 첫 단자에
봄 깊이 다시 재어보는
햇살 고운 것들에게
바람이 나르는 눈웃음
몸 문 여는
목숨 있는 것들 다 물오르고

창문마다 열어 두어야겠다

트라이앵글

아득하게 먼 길을 돌아온
요동치는 세상의 소리들이 침묵한다
짓눌려 굳어진 소리의 자국들이
숨 돌리기를 한다
좁은 숨구멍을 빠져나온
가늘고 여린 소릿길이
고요의 껍질을 벗긴다
삶의 밑변에서 서성거린다
긁힌 소리의 상처를 지우는
말랑한 소리의 알갱이들
다시 걸러지고 태어나
먼지 낀 기억들을 닦아낸다
내 안에 우는 소리의 자국들
허공에 떠있는
그림자가 길어진다

달력을 넘기며

달력을 넘길 때마다
알싸한 양파 냄새가 난다
매운 냄새가 묻은 시간의 지문들
단단해진 하루의 껍질들이
흔적으로 쌓여간다
하루를 벗기는 속 알갱이들
내 그릇 속에 넘치는
뽀얀 양파 같은 하루의 냄새가 놀랍다

무성한 나뭇잎 같은
책갈피 속에 끼워둔 과거와
오늘이 앉아있는 현재와
건너갈 미래는 늘 미로속이다
머물고 간 오늘의 틈새를 지나
시간의 흥정도 목마름의 오늘도
곱게만 물들어가는 풍성한 가을 들녘처럼
넉넉한 감사의 채색으로 물든다
낮과 밤이 바뀌듯이
달력이 넘어간다

빨랫줄

연등처럼 걸려있는 빨래들
바람이 추임새를 먹인다
빨랫줄 따라 해들이
너울 너울 춤을 춘다

오래전 귀엣말이 펄럭인다
서툰 음표 하나씩 빨래처럼 걸쳐놓던 시절
마르지 않는 추억 하나 살짝 걸쳐본다
개울물 소리는 아직 멈추지 않고
놓쳐버린 이야기가 줄타기를 한다
습한 기억들이 뽀송해지기를 바라던
덧없이 흘러간 세월을 바지랑대로 높이 세운다

질경이

남의 자리 밑을 살금살금 새치기 하는
저 질경이의 땅따먹기 놀이
그 속에 내가 있다
한 여름 긴긴 무더위를 모질게 붙잡는
귀 막고 막무가내 새치기 하는
제자리를 지키지 못하는
질경이의 모습이 질기다
먼 곳을 못 보던 시절
남의 자리에 자꾸만 눈이 가던
맨발로 달리던 시절을 지나
이제 겨우 철이 들었나보다
몇 번의 나를 잃어버리고서야
점점 땅을 넓히는
질경이의 뿌리를 다독여 준다

제5부

환승역

지하에서 지상으로 방금 차고 올라온
목이 긴 사람들
놓친 시간 틈새로
기회의 그물 쉴 새 없이 던지며 숨쉬기를 한다
희망이 있는 곳에
설렘이 먼저 길을 건넌다
이쪽 길도 저쪽 길도 환승되는
길의 끝자락은 늘 수수께끼다
혼돈은 가끔 평행선의 꼬리를 물고
전동차 꽁무니를 따라간다
물길이 굽이굽이 구겨지는 한낮에
강물이 전동차가 사라진 그 틈새를
빈틈없이 메워간다
강이 지나가는 자리, 강물이 깊다

소리

깊이 잠들어 있는 낡은 피아노
낡은 나의 소리를 가두고 있다
피아노는 소리의 기억만 안고
소리의 물길 따라
강기슭에 슬픔의 조약돌 하나 남겼다
강하게 약하게도 나를 터치하는
생은 늘 서툴러
굳은 살 박힌 소리들이
가을 달빛에 가슴만 먹먹하다
강 밑바닥엔 아직 맑은 영혼의 소리가 남아있어
강 언저리에 달맞이꽃을 피우려나
슬픔은 여울목 따라 굽이굽이 흘러가고
오른손과 왼손의 화음이
서로를 맞잡는다
슬픔도 때로는 아픈 기억들을 데리고
삶의 악다구니, 그 소리 품으로
나를 키우고 보듬었다

스쳐가는 것들

전동차 반대편에 앉은 남자
두 눈 꼭 감고 굳게 다문 입이 한일자를 쓰고 있다
아직 말하지 못한 스쳐간 것들을 아쉬워하는지
젖은 시간의 펄럭이는 소리를 듣고 있는지
쩍 금간 미련들 서러운
못다 꾼 꿈의 자락 만지작거리는 저 남자
뭉툭한 출구를 찾지 못한다
방향 표시도 없다
세월 삐꺽거리는 꿈 조각
통화는 언제나 한 일 자다
보일 듯 말 듯 한 안개 속 들리지 않는 발자국 소리
찾는다
무거운 것들 앞에 놓고 미적거리는 낯선 길
눈이 트인 발자국 소리 듣는다
스쳐간 것들 그냥 스쳐갈 뿐이라며
나를 지긋이 바라보고 있다

삼월

까마귀가 하늘을 쓸고 있다
저쪽 하늘을 이쪽 하늘에
댕겨 빗질 하는 까마귀
까옥 까옥 소리로 쓸 때마다
삼월이 사월을 댕겨 앉히고
보리밭에 날아가는 종달새를 댕겨 앉힌다
꿰맬 것이 많은 복숭아 밭
미적거리는 봄소식 댕겨 앉힌다
빗질 할 때마다 환하게
고운 햇살 한 웅큼 아롱거리고
조잘대는 삼월의 소리가 사월의 소리를
무릎에 앉힌다
쓸고 닦는 손끝이 빨라지는 삼월
사월의 환한 재롱소리 점점 곁에 앉힌다

어떤 둥지

몇 년째 지하계단을 넘보던 그가
계단 중간쯤에 둥지를 틀었다
지하계단의 지킴이가 된 그는 계단의 뿌리다
버려진 것은 산화되고 부패하는지
계절을 잊은 남루한 시간들이
놓아 버린 것과 끊어진 것들 사이로
퇴화되어 가는 세월이 우물처럼 깊다
기억 상실증에 걸린 채 텃새가 되어버린 그는
지상으로 날아오르지 못하고
지하의 시간들과 입맞춤을 한다
아침이면 층층이 내려오는
수많은 무심한 발자국들은
무엇을 위해 무엇인가 된다
슬픈 기억 속에 숨어있는 그의 세상은
무관심과 무표정이 드나드는 계단
어제와 오늘의 틈새에서
빈 둥지 속에 말라가는 그가
지하계단에서 날아오를 꿈을 접는다

물안개처럼

수많은 햇살이 비비고 앉았던
낡은 마룻장 사이로
낯익은 것과 낯선 시간의 간격들이
세월의 날숨과 들숨, 그 시간의 무게까지
토닥이다 속삭이다 흩어진다
삶의 손때들
영원한 시간의 결속에서 부드럽게 녹아내린다
오래도록 지워지지 않았던 슬픔마저
당기다 놓친 소리
제 몸의 열꽃으로 견디어 낸다
푸르고 붉게 피어나는 세월의 멍울들이
마르지 않는 수묵화 한 장 그려 넣는다
실눈을 뜨면 추억은 물안개처럼
캄캄한 나를 깨운다

분재

열리지 않는 열쇠 안의
의미는 생각하지 않기로 한다
서로 감긴 억지 가부좌의 삶
두 발이 저린지 오래다
가지치기, 뿌리치기 그래야만 살 수 있는
더 작아지고 작아져야
틈새 사이 작은 바람이라도 찾아오겠지
둘러쳐진 벽들을 수 없이 쳐본다
집하나 더 만들기에 급급한 실핏줄
멈춤을 강요당한 치열함
뭉칠 수밖에 없다
햇빛과 바람과 비와 미래는
솔직하게 진실해지고 싶다
그리운 곳에서 향기 스며들 듯
작은 새 한 마리 찾아온다

몽돌 바닷가

산란 중인 바다가 오고 있다
뽀드득, 파도를 밟고 있는 소리
내 발바닥 송구스럽다
시간은 그저 지나가는 것이 아니다
산고 끝나지 않은 바다의 아우성
거룩한 무늬를 흩트리지 말자
먼 시간의 둘레를 한참 서성거리는
알 수 없는 바다의 비밀
바다가 내 몸으로 쏟아져 온다
돌의 하나의 무게로 휘청거리는
돌아서 다시 되돌아오는
바다는 긴 통화를 쉴 새 없이 건져 올리고 있다

옥수수

내 몸에서 톡톡 튀는 하모니카 소리
귀엣말이 숨어 있어요
벗긴 껍질 사이로
단단한 몽우리가 숨어 있어요
어머니 소매 끝에 묻은 폭염
땀방울처럼 익어가요
오랫동안 귀가 하지 못한 토막 이야기
옥수수 한 알 한 알에 박혀 있어요
젖은 눈빛이 된 옥수수밭 이랑길
씹어도 씹어도 단물나는 추억
서걱거리는 바람소리에요
노란 햇살이 옥수수처럼 익어가요

그릇을 씻으며

물의 심장으로 그릇을 담근다
세상의 벽화 하나 어른거린다
까마득한 옛날이 구시렁거린다
더위에 눌린 오늘은 한계를 넘지 못한다
몽롱한 기억을 찾아간다
둥근 그릇은 둥근 그릇끼리 차곡차곡 쌓아둔다
깨어진 것들 제자리에 앉힌다
그릇마다 소복소복 추억이 쌓인다
삭은 오후를 어루만진다
주름 잡힌 오늘을 헹군다

피리소리

애간장 긁힌 자국에
피리 부는 저 사내
비수 꽂힌 소릿길을 지나
벼락 치듯 내리막길로 쏟아진다
끊어지듯 이어주는 인연길
긴 끈으로 칭칭 동여맨다
고갯길 숨 막혀 아득해도
휘몰아치는 절규
자지러져 흐느끼는 애달픔
뼈 마디마디 바람괴고 소리로 녹여낸다
젖은 한恨 다 떨구어내는
저 뚫린 구멍 속으로 한 소절마다
홀로 속살 후벼내며 지친 걸음
걸음마다 소리로 먼 길을 간다
막힌 울음 다독이며 허공 속으로
길게 길게 젖어든다

물의 길

햇살 한 웅큼
맨홀 속을 들여다보고 있다
어느 누구의 검은 오물을 닦아준
포복하지 못하는 정욕을 다독거려준
세상을 거슬러 검정이 된 물의 얼굴
멀고 먼 우주에서 휘돌아 온
세상을 씻어준 손길
하늘도 침묵하는 거룩한 손을 숨겨 놓았을까
낡은 탑들의 삭은 얼룩을 쓰다듬은 것일까
흘러가는 것은 자신을 버려 길이 된다
혼절하는 당신의 가슴에
세상을 씻어주는 길이 있어
침전되고 삭아지며 고향으로 되돌아 갈 수 있다
뒤돌아보지 않는다
길의 이음새를 찾아가는 긴 강의 물머리에서
오래된 기억의 골마루를 찾아
갈대 뿌리에 숨 돌리며 깊게 안식하는
물새소리 바람소리 따라간다

거미 밥상

허공 속에 집 하나 밥상 하나
쪼이고 튕기며 저울질한 허공 중에 걸터앉은 밥상
낭떠러지는 실바람에도 불안하다
허공 속을 매일 질기게 담금질 하는
몇 방울의 이슬에도 기우뚱해지는
그물처럼 촘촘한 허기가 빠르게 줄을 탄다
스쳐가는 흔적들에 목이 길어지는 저녁
하루의 끼니, 질기게 버티면
단단히 붙잡아야 떨림으로 전달된다
잘려나가 가위질 되는
짝 맞추어야 하는 퍼즐 세상
삭은 신음소리 자꾸 지운다
보이지 않는 것과 볼 수 없는 눈빛들이
걸려 넘어지는 자와
걸려들기를 바라는 자들의 곡예
그물집은 거미만 짓는 것이 아니다

아귀

아귀 몇 마리 누워있다

바위 닮은 아귀

온몸을 활짝 열어

바다의 내장을 꽃으로 피워낸다

태고의 숨바꼭질이 아직 멈추지 않은

희고 노란 바다의 내장사이로

심해의 긴 통화는 끝나지 않았나 보다

바다 밑 어느 벼랑사이로

유유히 유영하던 물 가르던 소리

바다가 잠깐 닫아둔 문

투명하게 열려있다

한 때의 침묵을 물고 있다

웅숭깊은 시적세계를 관통하는 미적상상력
– 시집 『나무집 동화』를 읽다

유 병 근
(시인)

1

시는 인간의 삶에 무슨 도움/이득이 되는가. 가령 이런 물음을 받는다면 잠깐 난감하다. 그럼에도 시를 아끼고 시를 쓰고 시에 매달린다. 시란 무엇이냐에 관한 물음은 어떤 점 시인에게 가해지는 하나의 고문일 수도 있다. 그러나 시인은 이를 달콤한 고문이라고 생각할 뿐 질문에 애써 매달리지 않는다. 만약 고문이라면 즐거운 고문이겠다. 그만큼 시는 어떤 마성을 갖는 기쁨으로 이르는 촉수라고 하겠다.

시는 마성에 끌려가는 무의식이나 다름없는 무엇이다. 그 응답을 무리없이 끌어낸다는 것도 실제론 어려운 일이다. 그냥 떠오르기 때문에 쓰고 그 완성을 기뻐하는 것이라고 대뜸 말하는 것이 좋을 것이다. 꼬지꼬지 따진다는 것은 시를 더욱 피곤하게 만드는 일이나 다름없을 것이다. 희열의 바닥에서 움트는 홍미영 시인의 시를 음미하는 것 또한 그냥 기뻐서 하는 것이라고 둘러댈 수밖에 딴 도리는 없어 보인다.

이른 저녁을 먹은 사람들은
거리에 내려앉은 은하수를 보려고
천사 흉내를 내며 날개옷을 챙긴다
거리의 틈새마다 별이 앉는 별들의 밤
별빛 속으로 몸을 숨기는 마른기침 속에
지난 시간들은 남은 시간들을 닦아낸다
사라짐이 경계에 서는
새 자리를 펴는 사람들
종일 지폐를 세던 손을 멈추고
간절한 희망 하나 별처럼 달아둔다
집 떠난 자들이 돌아와 모두 별이 되는 거리
이마가 정갈한 눈빛으로 마주 보는
보냄과 마주함의 옷을 갈아입는 12월
내일이라는 별 하나 품어본다

― 「광복로, 12월 거리에 별빛이 앉는다」 전문

저녁을 먹은 사람들은 광복동 거리에 나선다. 그것은 '은하수를 보려고' 하는 저녁시간의 즐거운 한때다. 여기서 별이라 하는 것은 하늘의 별만이 아니다. 초저녁부터 현란하게 거리를 수 놓은 전등불빛이 도시의 별일 수 있다. 그 별을 보는 아름다움이다. 광복동 거리는 한때 부산의 중심지역이나 다름없는 번화한 거리였다. 도시번창의 변화를 따라 지금은 '지난 시간들은 남은 시간들을 닦아낸다/사라짐이 경계에서'의 도시풍경은 사라졌으나 그 잔영은 뿌리째 남아 도시의 정서를 불러내는 황홀한 역할을 한다. '집 떠난 자들이 돌아와 모두 별이 되는 거리'에서 한 해가 기울고 다시 새로운 한 해를 맞이하는 세모풍경을 '내일이라는 별 하나 품어'보는 희망을 갖는다. 이처럼 시는 가장 순백한 언어로 가고 오는 세월의 길라잡이가 되기도 한다. 그런 시인의 회한은 '제자리걸음만 하다가 여기까지 왔다'(「저녁노을에 부치는 편지」 부분)에서 세월의 흐름을 돌아보는 여유도 갖는다. 그렇다고 회한에만 머물지 않는다.

> 햇사과를 싣고 가는 손수레에
> 햇것의 붉은 속삭임이
> 햇것의 붉은 입술이
> 서로 부대끼며 쫑알거린다
> 설익은 계절도 눈치 받으며 끼어든다
> 통치마 검정고무신
> 콩닥거리던 기억의 계절이
> 햇살 속으로 얼비치며 따라간다
> 목마른 추억들이
> 구시렁거리면서 따라간다
> 발자국 소리만 분분한
> 지나간 내 계절도
> 멀뚱거리며 따라간다
> 바람구멍 메워가며 따라간다
> 바람 한 점 어깃장 놓으면서 따라간다
> 따라가는 것들은 앞서가는 꽁무니를 놓지 않는다

> — 「가을 손수레」 전문

　가을날이다. 손수레에는 '햇사과 붉은 속삭임' '햇것의 붉은 입술' '설익은 계절'이 소목하게 담겨 있다. 가을날의 정서를

그리워하는 화자는 '목마른 추억' '발자국 소미만 분분한/지나
간 내 계절도/멀뚱거리며 따라'가는 추억을 담는다. 가을은 수
확과 추억의 계절이다. 그 추억 속에 잠긴 삶에는 '통치마 검
정고무신'이 떠오르기도 하고 '따라가는 것들은 앞서가는 꽁무
니를 놓지 않'으려 애써 따라간다.

　이처럼 시인 홍미영의 추억은 「가을 손수레」와 함께 가을정
서를 읊조린다. 그 정서가 은근한 애틋함을 불러일으킨다. '발
자국소리만 분분한' 세월이기 때문에 더욱 그렇다. 이에서 주
목할 것은 토씨로 차용된 '만'에 있다. 그러니까 헛것인 세월인
셈이라고 말할 수 있다. 성숙한 계절인 가을에 시의 화자는 빈
발자국소리가 되어 「가을 손수레」를 터벅터벅 따라간다. 그 길
은 오히려 충만으로 이르는 길임을 알 수 있다. 역설적인 기법
을 읽을 수 있는 애틋한 가을 정서에 귀를 기울인다.

　　　산수유를 지나 살구꽃을 지나
　　　바람 몇 점 건너뛰고서야
　　　시린 발걸음이 조팝꽃을 보러간다
　　　오래된 연서 속에 머물러 있는
　　　건너가지 못하는 추억들이
　　　자꾸만 사랑법으로 피어나는 나의 조팝꽃
　　　아직 기다림은 끝나지 않았다
　　　꽃들은 피워낸 자리를 생각하지 않는다는
　　　오랫동안 가둔 시간들이
　　　세상을 향해 울음보를 터뜨린다
　　　아픈 이름들을 불러주자
　　　일제히 바람에 흩어지는 꽃잎들

어두워지면 더욱 조팝꽃으로 환해지려는 세상
만개한 봄날이 흘러간다

─「조팝꽃」 전문

시인이 뜻하고자 하는 조팝꽃은 '자꾸만 사랑법으로 피어나'
'세상을 향해 울음보를 터트'리는 '아픈 이름'이다. 그런 꽃이
지만 '어두워지면 더욱 조팝꽃으로 환해지려는 세상' '만개한
봄날'의 깊은 정서에 어린다.

중국의 미학자 이중톈易中天은 『미학강의』(김영사/2009년/곽수경
옮김)에서 예술의 진실은 '정감의 진실'이라고 말한 바 있다. 시
인 홍미영의 시편들이 그런 정감에 이르고 있음을 위에 든 「조
팝꽃」로도 짐작할 수 있다.

2

한편 시인 홍미영 시의 시적세계를 관통하는 사상은 절대고
독에서 자라는 시적상상력의 아름다움이다. 고독이라는 나무
에서 자라는 잎이며 꽃이며 그 열매를 연상하게 한다. 시집
『나무집 동화』를 관통하는 절대고독은 웅숭깊은 시적상상력의
가지를 뻗어나가는 상상력의 숲이라고 할 수 있겠다. 시는 그
가지에서 자라는 충만감으로 결집된 아름다운 결과물임을 알
수 있다.

녹슨 못이 벽을 빠져나오지 않는다
힘을 주니 못이 부러졌다

못은 이제 빠져나오지 않고
아직 여분의 세월을 삭이려는 것일까
가끔 눅눅한 습기가
모진 생의 덮개를 걷어내듯
붉은 녹물, 눈물샘이 터져나오듯 벽을 적신다
평생 막혀 있던 핏물처럼 못질한 아픔이
허공에 벽 하나 놓일 때마다
닦아도 지워지지 않는 생의 무늬를 쏟아낸다
녹슬고 부러진 못이 되고서야
한 평생 녹물 같은 눈물을 흘리고서야
생의 무게를 말할 수 있었다

– 「녹슨 못」 전문

　벽에서 빠져나오지 않는 못을 빼려고 하는데 못은 나오지 않고 부러진다. 못은 아직 벽에 미련이 남는 것일까. '여분의 생을 삭이려는' 못은 '붉은 녹물, 눈물샘이 터져나오듯 벽을 적신다' 시는 전반부의 못에서 후반부로 이르면서 녹슨 못과 연계되는 '핏물처럼 못질한 아픔'으로 응집된다. 그것은 '녹슬고 부러진 못' '한 평생 녹물 같은 눈물을 흘리고서야/생의 무게를 말할 수 있'는 경지에 이른다.

　시적 삶이란 그처럼 아픈 것이다. 그 아픔이 녹슨 못과 연계되는 시의 진정성을 나타낸다. 시인이 갖는 시의 참 모습, 삶의 아릿함을 은근히 드러낸 시편은 침묵과 고독의 '붉은 녹물'이다. 그 녹물은 시를 적시고 시의 옷이 되어 시인을 따뜻하게 감싸 안는다.

　깊이 잠들어 있는 낡은 피아노

낡은 나의 소리를 가두고 있다
피아노는 소리의 기억만 안고
소리의 물길 따라
강기슭에 슬픔의 조약돌 하나 남겼다
강하게 약하게도 나를 터치하는
생은 늘 서툴러
굳은 살 박힌 소리들이
가을달빛에 가슴만 먹먹하다
(중략)
슬픔은 여울목 따라 굽이굽이 흘러가고
오른 손과 왼손의 화음이
서로를 맞잡는다
슬픔도 때로는 아픈 기억들을 데리고
삶의 악다구니, 그 소리 품으로
나를 키우고 보듬었다

– 「소리」 부분

　피아노는 '낡은 나의 소리를 가두고 있'는 '깊이 잠들이 있는
낡은 피아노'다. 이 시에서 눈에 띄는 이미지는 '낡은' '슬픔' '굳
은 살'같은 어조다. 회색으로 덧칠한 그림 한 폭을 보는 느낌
이 드는 이 시에서 시인 홍미영의 아릿한 정신세계를 웅숭깊
게 읽을 수 있다.
　시는 이런 아픔과 슬픔, 먹먹한 가슴에서 피는 꽃이라고 하
면 일방적인 것일까. 시편 전편의 적시는 이러한 감성은 시인
홍미영의 시적개성이 되어 오히려 붉고 푸르다. '삶의 악다구
니, 그 소리 품으로/나를 키우고 보듬'는 웅숭깊은 행간에서
시를 음미하는 맛이 짠하다. 그러나 그것은 어떤 회한만은 아

니다.

> 마루를 닦다가
> 무수한 옹이를 껴는 나무의 목리를 보았습니다
> 목리 속으로 물결이 출렁이는 소리를 들었습니다
> 출렁이는 물결을 넘다 물결 사이로
> 지저귀는 선한 소리 들렸습니다
> 태고적 물방울이 빗방울에 몸을 헹구는 밤
> 나는 한 마리의 산짐승이 되어
> 옹이를 베고 깊은 잠을 잤습니다

- 「목리 속에서」 부분

시는 기발한 발상에서 더욱 알차게 꽃핀다. 가령 이런 명제
를 앞세운다면 시인 홍미영은 '마루를 닦다가/무수한 옹이를
껴는 나무의 목리를 보'는 기발한 통찰력을 갖는다. 이런 남다
른 통찰력에서 시적운치는 더 깊고 아릿하다. '태고적 물방울
이 빗방울에 몸을 헹구는 밤/나는 한 마리의 산짐승이 되어/
옹이를 베고 깊은 잠을' 자는 천연덕스런 모습 또한 가볍게 볼
수 없는 상상력으로 가꾼 깊은 운치를 더한다. 그 한 장면에
눈을 돌려본다.

> 숲 속에는 여름밤을 삼키는 키 큰 나무가 있어요 밑동
> 을 밟고 올려다보는 나는 나무창으로 날아 오르는 한 마
> 리 새가 되어요 새가 된 나는 나무대문을 열고 안온한
> 나무 방에 기대어 지상에서 더 깊고 아늑한 숲의 숨소리
> 를 들어요 세상의 숨구멍을 열어보는 저녁, 지상에서 더
> 깊고 긴 밤의 숨소리를 들어요 은하수를 건너가는 달을

따라가면 계곡은 물소리로 말의 씨앗을 남겨요 돌담 몇
개 숲의 호위병이 되어 나무집을 지켜요 근엄해요 얼비
치는 하루의 경계를 넘는 저녁, 기를 썼고 눈을 둥글게
말아 나무집에 걸어둔 노을을 안고 내일을 바라보아요

                                   – 「나무집 동화」 전문

　삶은 언제나 팍팍한 것만이 아니다. 시인 홍미영의 시에 나
타나는 시 안의 세계와 시 밖의 세계는 동일한 것일 수는 물론
없다. 시 「나무집 동화」에서 '나무창으로 날아올라 한 마리 새
가'되는 상상력은 한 편의 아름다운 동화다. '나무방에 기대어
지상에서 더 깊고 아늑한 숲의 숨소리를' 듣는다. '은하수를 건
너가는 달을 따라가면 계곡은 물소리로 말의 씨앗을 남'기는
아름답고 운치 깊은 풍경과 함께 한다. '나무집에 걸어둔 노을
을 안고 내일을 바라보'는 시인의 모습에서 새로운 날에의 밝
은 영상이 떠오른다.
　사울Saul왕의 질시를 피하여 다윗David은 모든 절망을 금琴에
의탁하여 동굴에 몸을 의지한다. 금이란 곧 예술에의 길이다.
다윗이 이스라엘의 왕으로 오를 수 있었던 것은 금을 다루며
절망의 늪에서 벗어날 힘을 얻었기 때문이다. 시인 홍미영은
시집 『나무집 동화』로 시의 세계를 보다 새롭게 개척할 수 있
으리라 짐작해 본다.

3
　언어는 상상력을 충동하는 바탕이다. 그 바탕으로 기운 문

장이다. 어떤 문장을 쓰는가 하는 문제는 어떤 생각을 하느냐와 다름없는 일이다. 하기에 시인은 시적세계인 대상을 보고 어떻게 생각하고 이를 시의 몫으로 열결시키고자 하는 노력을 갖는다.

시인 홍미영이 갖는 고뇌는 시인 홍미영만의 고뇌는 결코 아니다. 이 시대가 짊어지고 가는 고뇌를 시인이 시로 승화시키고 있을 따름이다. 함으로 시를 읽는 것은 시대고뇌를 함께 하고 그 고통을 극복하자는 일이기도 하겠다. 이런 점 시는 사회정서의 밑바닥에서 새로운 힘을 일으키는 원동력이 되기도 한다.

> 이제 주차장이 된 광복로 그 호텔에는
> 주차하는 몇 대의 차들
> 골목 바람에도 목을 빼고 있다
> 어중한 삶을 밀어넣기도 하고 빼기도 하는
> 등 하나씩 켜며 밤의 허물을 벗으려는 골목길
> 뒤처진 바람 한 자락
> 노란 기억의 덮개를 걷어낸다
> 바람은 골목으로 몰려가
> 저무는 발자국을 더듬는다
> 시간 속으로 발을 맞추자던 약속
> 긴 그림자 골목길 끌고 가는 저녁
> 신기루 같은 시간이 풀린 태엽을 감는다
>
> ─「시계 수리공」부분.

한 때 번창하던 광복동은 '주차장이 된 광복로'로 변하고 만다. 시계를 수리하는 사람만이 텅 빈 거리나 다름없는 한 모퉁이에서 '신기루 같은 시간이 풀린 태엽을 감는' 쓸쓸함을 견디며 산다. 어느 곳이든 번영은 영원한 것은 아니다. 세상은 물 흐르듯 변한다. '등 하나씩 켜며 밤의 허물을 벗으려는 골목길'은 옛 추억을 찾아 '노란 기억의 덮개를 걷어'내는 노력에 기운다. 쓸쓸한 골목길에 남은 시계수리공은 한창이던 시절이 아쉬울 따름이다.

도시의 적막은 「중앙동」에서 '중앙에서 밀려난 중앙로/버려진 빈 둥지 같다/찾지 않는 저 고요 속으로 어둠을 덮고 있는/빌딩 창들이 눈을 감는' 허무에로 치닫는다. 그러나 적막만은 아니다. "오랫동안 이웃인 연희 어머니/팔순이 다 된 나이에도/국수 말아 한 손에 달랑 배달 다닌다"(「삶도 때로는 날개를 단다」부분) 이처럼 활기를 볼 수 있는 것은 결코 절망만이 아닌 일어서는 삶을 읊고 있다.

> 나는 자꾸만 살구빛으로 물들어 갑니다
> 살구 한입 가득 물고
> 살굿빛 속에서 웃고 계시는 어머니
> 내 품에 살구 한 소쿠리 안겨주시던
> 어머니의 향기, 살구 냄새에서
> 어머니의 삶 냄새를 맡습니다
> 나는 노란 살굿빛 아이가 되어
> 어머니의 살굿빛 고향 속으로 달려갑니다
> 밤 한 술 더 떠먹이시는
> 어머니의 마음을 가지마다 매달고
> 살굿빛 나는 눈부신 날들이
> 두 팔을 벌립니다
> 빛의 터널 살굿빛 길을 한없이 걸어

싱그러운 살구나무 입술에 닿는 날
해질 녘 살구의 품속으로 한없이 걸어
어머니의 그림자가 닿는 쪽으로
나는 한 그루 살구나무로 익어갑니다

－「살구」전문

　시인 홍미영의 귀결은 '해질 녘 살구의 품속으로 한없이 걸
어/어머니의 그림자가 닿는 쪽으로/ 나는 한 그루 살구나무로
익어'가고자 하는 바람이다. 즉 어머니에의 귀향이다. 시인 홍
미영 시의 귀결을 극명하게 보여주는 대목이다.

　인간은 누구나 그가 귀의하고자 하는 대상을 생각하고 있
다. 종교인은 그가 믿는 종교의 품속에서 쉬고자 한다. 시인
홍미영은 '어머니의 그림자가 닿는 쪽'이다. 그것은 얼마나 포
근하고 따뜻한 그림자겠는가. 얼마나 자애로운 그림자겠는가.
그 속에서 시인 홍미영은 앞으로 더욱 활달한 시작활동을 할
것임에 틀림없다.

　시가 삶에 어떤 효용성이 있고 없고를 시인은 굳이 따지지
않는다. 다만 자애롭게 깔려 있는 살구나무 그림자가 있을 따
름이다. 시집『나무집 동화』속에 깃든 홍미영의 정신세계를
읽을 수 있는 것은 또 다른 시읽기의 기쁨이랄 수 있다. 시인
은「새벽길」에서 "포장마차 소리가 굴러간다"고 쓴다. 지금 그
굴러가는 바퀴소리를 듣고 있다. 그 소리는 적극적인 삶의 소
리다. 시인 홍미영은 시의 포장마차를 굴리고 있다.